ALICE in Wonderland

Alicia en el país de las maravillas

Lewis Carroll

PANAMERICANA
EDITORIAL
Colombia • México • Perú

Carroll, Lewis, 1832-1898
   Alice in Wonderland = Alicia en el país de las maravillas:
clásicos inglés-español / Lewis Carroll ; traducción Gina Marcela
Orozco.-- Edición Margarita Montenegro Villalba. -- Bogotá :
Panamericana Editorial, 2017.
   64 páginas : dibujos ; 22 cm.
   Texto bilingüe en inglés y español.
   ISBN 978-958-30-5412-9
   1. Cuentos infantiles ingleses 2. Historias de aventuras I. Orozco,
Gina Marcela, traductora II. Montenegro Villalba, Margarita, editora.
III. Tít.
I823.8 cd 21 ed.
A1556523

   CEP-Banco de la República-Biblioteca Luis Ángel Arango

Primera edición, febrero de 2017
© 2017 Panamericana Editorial Ltda.
Calle 12 No. 34-30
Tel.: (571) 3649000. Fax: (571) 2373805
www.panamericanaeditorial.com
Tienda virtual: www.panamericana.com.co
Bogotá D. C., Colombia

Editor
Panamericana Editorial Ltda.

Edición
Margarita Montenegro Villalba

Ilustraciones
Macaw Books

Traducción del inglés
Gina Marcela Orozco Velásquez

Diagramación y diseño de carátula
Leonardo Cuéllar

ISBN 978-958-30-5412-9

Impreso por Panamericana Formas e Impresos S. A.
Calle 65 No. 95-28
Tels.: (571) 4302110 - 4300355. Fax: (571) 2763008
Bogotá D. C., Colombia
Quien solo actúa como impresor.

Impreso en Colombia–*Printed in Colombia*

Contenido

Down the Rabbit-Hole
En la madriguera del conejo

Alice was beginning to get very tired of sitting by her sister near the river bank. She had peeped into the book her sister was reading, but it had no pictures or conversations in it. What is the use of a book without pictures or conversation?" thought Alice.

Suddenly, a White Rabbit with pink eyes ran close by her. Alice heard the Rabbit say to himself, "Oh dear! I shall be late!"

And then the Rabbit took a watch out of his waistcoat pocket, looked at it and then hurried on. The Rabbit entered a rabbit-hole and Alice went in after him. The rabbit-hole went straight on like a tunnel for some way and then dipped down suddenly.

Alice fell down into the deep tunnel. Alice tried to look down, but it was too dark to see anything. Then, she looked at the sides of the tunnel and noticed that they were filled with cupboards, bookshelves, maps, and pictures.

Down, down, down. It would never come to an end!

Alicia empezaba a cansarse de estar sentada junto a su hermana, cerca de la orilla del río. Le había dado un vistazo al libro que ella estaba leyendo, pero no tenía dibujos ni diálogos. "¿De qué sirve un libro sin dibujos ni diálogos?", pensó Alicia.

De repente, un conejo blanco de ojos rosados pasó cerca de ella. Alicia oyó que el conejo se decía a sí mismo:

—¡Vaya! ¡Llegaré tarde!

Entonces, el conejo sacó un reloj del bolsillo de su chaleco, lo miró y se echó a correr. El conejo entró a una madriguera, y Alicia lo siguió. La madriguera del conejo se extendía en línea recta como un túnel durante un tiempo, y luego se convertía abruptamente en un pozo.

Alicia cayó en el pozo profundo e intentó mirar hacia abajo, pero estaba demasiado oscuro y no pudo ver nada. Luego, al mirar las paredes del pozo, se dio cuenta de que estaban cubiertas de armarios, estanterías, mapas y cuadros.

Cayó, cayó y cayó. ¡Parecía no tener fin!

"I wonder how many miles I've fallen by this time?" she said out aloud. "I must be getting somewhere near the center of the Earth!"

There was nothing else to do. So, Alice soon started talking again. "Dinah will miss me very much tonight" (Dinah was her cat.) "I hope they'll remember her saucer of milk at teatime."

Then Alice began to get rather sleepy and she was dozing off when suddenly, thump! Down she fell upon a heap of sticks and dry leaves. Alice was not a bit hurt and she jumped up on to her feet. She looked up, but it was all dark. Before her, was another long passage and the White Rabbit was still in sight, hurrying down it. Alice ran after him again. She was just in time to hear him say, as he turned a corner, "Oh my ears and whiskers, how late it's getting!"

After turning the same corner, she found herself in a long, low hall, which was lit up by a row of lamps hanging from the roof. There were doors all around the hall, but they were all locked. Suddenly she came upon a little three-legged table, all made of solid glass.

There was nothing on it except a tiny golden key. Alice thought that it might belong to

—Me pregunto cuántos kilómetros he caído hasta ahora —dijo en voz alta—. ¡Ya debo estar cerca del centro de la Tierra!

No había nada más qué hacer, por lo que Alicia pronto empezó a hablar de nuevo.

—Dina me echará de menos esta noche (Dina era su gata). Espero que recuerden darle su platito de leche a la hora del té.

Alicia comenzó a sentir sueño y estaba quedándose dormida cuando de repente, ¡pum!, cayó sobre un montón de ramas y hojas secas. Alicia estaba ilesa y se levantó de un salto. Levantó la vista, pero todo estaba oscuro. Ante ella había otro pasadizo largo y pudo ver al conejo blanco recorriéndolo a toda prisa. Alicia corrió tras él y, mientras doblaba una esquina, pudo oírlo decir:

—¡Por mis orejas y bigotes, qué tarde se está haciendo!

Al doblar la misma esquina, se encontró en un vestíbulo largo y bajo, iluminado por una hilera de lámparas que colgaban del techo. Había puertas alrededor del vestíbulo, pero todas estaban cerradas. De repente, encontró una mesita de tres patas hecha de cristal macizo.

No había nada en ella, salvo una llave de oro diminuta. Alicia creyó que pertenecía a alguna

one of the doors of the hall. But either the locks were too large. She decided to try once again. This time, she came across a low curtain. Behind it was a little door about fifteen inches high.

Alice tried the little golden key in the lock and it fitted. She opened the door and found that it led into a small passage. She knelt down and looked down the passage into the loveliest garden she ever saw. She longed to come close to the flowers and the cool fountains. But she could not even get her head through the doorway. So she went back to the table. This time she found a little bottle on it. The bottle had a label, with the words "DRINK ME" on it.

Alice drank the entire bottle. "What a curious feeling!" said Alice. "I must be folding up like a telescope!" And so it was indeed. She was now only ten inches high. She decided then to go to the garden. But when she reached the door, she found that she had forgotten the little golden key! So, she ran back to the table for it. She tried her best to climb, but to her utter dismay, she found that she could not possibly reach it.

de las puertas del vestíbulo, pero las cerraduras eran demasiado grandes. Decidió intentarlo una vez más y esta vez encontró una cortinilla. Detrás había una puertecita de unos cuarenta centímetros de alto.

Alicia probó la llave de oro en la cerradura y esta encajó. Al abrir la puerta, descubrió que daba a un pasadizo estrecho. Se arrodilló y observó del otro lado el jardín más hermoso que jamás había visto. Deseaba ver de cerca las flores y las fuentes frescas, pero su cabeza ni siquiera cabía por la puerta. Entonces regresó a la mesa y esta vez encontró una botellita sobre ella; tenía una etiqueta con la palabra "BÉBEME".

—¡Qué sensación más extraña! ¡Debo estar encogiéndome como un telescopio! —dijo Alicia después de beber la botella entera.

Así era. En ese momento solo medía veinticinco centímetros, por lo que decidió ir al jardín, pero cuando llegó a la puerta, se dio cuenta de que había olvidado la llavecita de oro. Entonces corrió de vuelta a la mesa e hizo todo lo posible por treparla, pero, para su consternación, no pudo alcanzar la llave.

The Pool of Tears
El charco de lágrimas

Soon, her eyes fell on a little glass box that was lying under the table. She picked up the box and opened it. In the box lay a very small cake, on which the words "EAT ME" were beautifully written in currants.

She ate a little bit and said anxiously to herself, "Oh! What will become of me?" She put her hand on the top of her head to feel which way she was growing. Very soon, she finished off the cake.

"I think I'm expanding like the largest telescope that ever was!" Alice thought. Just then, her head struck against the roof of the hall. She was now more than nine feet high! At once she took up the little golden key and hurried off to the garden door. But her enormous size made it impossible to enter.

Alice sat down and began to cry. She shed gallons of tears, and soon there was a large pool all around her.

After some time, she heard the pattering of little feet at a distance. The White Rabbit had returned.

Pronto, sus ojos se posaron sobre una cajita de cristal que estaba bajo la mesa. Alicia tomó la cajita y la abrió. En la cajita había un pastelillo muy pequeño con la palabra "CÓMEME", hermosamente escrita en grosellas.

Alicia comió un poco y dijo con ansiedad para sus adentros: "¡Oh! ¿Ahora qué será de mí?". Puso su mano sobre la cabeza para sentir si estaba creciendo o encogiéndose, hasta que muy pronto se terminó el pastel.

"Creo que estoy estirándome como el telescopio más largo que jamás haya existido", pensó Alicia. Justo en ese momento, su cabeza golpeó el techo del vestíbulo. ¡Ahora medía casi tres metros! Enseguida tomó la llavecita de oro y se apresuró a la puerta del jardín, pero su gran tamaño le impedía entrar del todo.

Alicia se sentó y se puso a llorar. Derramó litros de lágrimas y pronto hubo un charco enorme a su alrededor.

Después de un tiempo, escuchó el ruido de unas pisaditas a lo lejos. El conejo blanco había regresado.

He was carrying a pair of white kid gloves in one hand and a large fan in the other. He came trotting along in a great hurry, muttering to himself as he came, "Oh! The Duchess! Oh! Won't she be furious if I keep her waiting!"

When the Rabbit came near her, Alice began, in a low, timid voice, "If you please, sir..." The Rabbit was startled. He dropped the white kid gloves and the fan, and scurried away as fast as he could.

Puzzled, Alice waited for a while and then took up the fan and started fanning herself. Then, she looked down at her hands and was surprised to see that she had put on one of the Rabbit's little white kid gloves. "How could I have done that?" she thought. "I must be growing small again." She got up and to her surprise she found that, she was now about two feet high! The fan was making her shrink. Alice dropped it hastily.

"Now that I am small again, I can enter the garden very easily." She ran back to the little door quickly. But, alas! The little door was shut again and the key was lying on the glass table as before.

Suddenly her foot slipped and in another moment, she was up to her chin in salt water.

Llevaba un par de guantes blancos de cabritilla en una mano y un abanico enorme en la otra. Venía trotando a toda prisa, murmurando para sí:

—¡Oh! ¡La duquesa! ¡Oh! ¡Se pondrá furiosa si la hago esperar!

—Señor, por favor... —Alicia comenzó a decir tímidamente en voz baja, cuando el conejo se acercó.

El conejo se sobresaltó. Dejó caer los guantes blancos y el abanico, y corrió tan rápido como pudo. Desconcertada, Alicia esperó un rato; luego recogió el abanico y comenzó a abanicarse. Entonces se miró las manos y se sorprendió al ver que tenía puesto uno de los guantes blancos de cabritilla del conejo. "¿Cómo lo hice? —pensó—. Debo estar encogiéndome de nuevo". Se levantó y, para su sorpresa, se encontró con que medía sesenta centímetros. El abanico estaba encogiéndola. Por lo que lo soltó a toda prisa.

—Ahora que soy pequeña otra vez, puedo entrar al jardín con facilidad. —Corrió hacia la puertecilla rápidamente, pero esta se cerró de nuevo y la llave estaba sobre la mesa de cristal como antes.

De un momento a otro, su pie resbaló y Alicia se vio hundida hasta la barbilla en agua salada.

Now where had all this water come from? However, Alice soon found that out. She was in the pool of tears, which she had wept when she was nine feet high! Just then, she heard something splashing about in the pool. It was a mouse that had slipped in like her.

"O Mouse, do you know the way out of this pool?" Alice asked. The Mouse remained silent. "Perhaps he doesn't understand English," thought Alice. "Maybe he's a French mouse." So she began speaking in French, "*Où est ma chatte?*" This was the first sentence in her French lesson book, which meant, "Where is my cat?"

At this, the Mouse gave a sudden leap out of the water. "Oh, I beg your pardon!" cried Alice. "I quite forgot you didn't like cats."

"Not like CATS!" cried the Mouse. "Would you like cats if you were me?"

"I won't indeed!" replied Alice. The Mouse swam away from her as hard as he could. Alice called out softly after him, "Mouse! Do come back and we won't talk about cats!"

When the Mouse heard this, he swam back to her. "Let us swim back to the shore," it said in a low and trembling voice.

¿De dónde había salido toda esa agua? Alicia lo descubrió en breve. ¡Estaba en el charco de lágrimas que había llorado cuando medía casi tres metros! Justo en ese momento, oyó algo chapoteando en el que ahora parecía un estanque. Era un ratón que había caído ahí, como ella.

—Señor Ratón, ¿sabe cómo salir de este estanque?

El ratón permaneció callado.

"Tal vez no habla español —pensó Alicia—. Tal vez sea francés". Por lo que empezó a hablarle en francés:

—*Où est ma chatte?*

Esa era la primera oración de su libro de francés y significaba: ¿Dónde está mi gata? Ante esto, el ratón saltó fuera del agua.

—¡Le ruego que me perdone! —gritó Alicia—. Olvidé que no le gustan los gatos.

—¡No me gustan los gatos! —chilló el ratón—. ¿Te gustarían si fueras yo?

—¡La verdad, no! —respondió.

El ratón se alejó de ella, nadando con todas sus fuerzas. Alicia lo llamó mientras lo seguía:

—¡Regresa, ya no hablaremos de gatos!

Al oír esto, el ratón nadó hacia ella.

—Nademos hasta la orilla —dijo en voz baja y temblorosa.

A Caucus-Race
Una carrera electoral

The pool was getting quite crowded with the birds and animals that had fallen into it. There were a Duck and a Dodo, a Lory and an Eaglet and other curious creatures.

Alice led the way and the whole party swam to the shore. The party assembled on the bank—all the birds and all animals were dripping wet. So, the first question was how to get dry quickly. They had a meeting about this.

The Mouse, who seemed to be the most important among them, called out, "Sit down and listen to me! I'll soon make you dry enough!" They all sat down around him. "Are you all ready? This is the driest thing I know," the Mouse began, "William the Conqueror, whose cause was favored by the Pope..."

Alice listened completely puzzled to the meaningless speech. Suddenly the Mouse turned towards her and asked, "How are you getting on now, my dear?"

"As wet as ever," answered Alice. "Your speech does not dry me at all."

El estanque estaba llenándose de aves y otros animales que habían caído en él. Había un pato, un dodo, un loro, un aguilucho y otras criaturas curiosas.

Alicia tomó la delantera y el grupo nadó hasta la orilla. Todos se reunieron en la ribera. Las aves y los demás animales estaban completamente empapados, por lo que el primer interrogante era cuál sería la manera más rápida de secarse. Tuvieron una reunión al respecto.

—¡Siéntense y escúchenme! ¡Haré que se sequen pronto! —gritó el ratón, que parecía ser el más importante.

Todos se sentaron a su alrededor.

—¿Están listos? Es la historia más seca que sé —comenzó el ratón—: Guillermo el Conquistador, cuya causa era apoyada por el papa...

Alicia escuchó desconcertada su discurso sin sentido. De repente, el ratón se volvió hacia ella y le preguntó:

—¿Cómo te sientes, querida?

—Más mojada que nunca —respondió Alicia—. Su discurso no me seca para nada.

16

"In that case," said the Dodo, "the meeting should be dismissed and we should immediately adopt some energetic remedies."

"I don't know the meaning of those long words!" The Eaglet complained.

"The best way to become dry would be to have a Caucus-race," the Dodo said.

"A Caucus-race?!" asked Alice.

"Yes," replied the Dodo.

At first, a race-course was marked out in a circle. And then, everyone was placed along the course, here and there. The contestants began running when they liked, and left off when they liked. When they had been running for about half an hour or so and were quite dry, the Dodo called out, "The race is over!"

Everyone crowded round him and asked, "Who has won?"

The Dodo sat thoughtfully for a long time. At last, he said, "Everybody has won, and all must get prizes."

The animals wanted prizes and the Dodo said that Alice would hand out the prizes. Alice pulled out a box of comfits and handed them around as prizes. There was exactly one for each. Then everyone left and poor Alice was all alone again.

—En ese caso —dijo el dodo—, debemos levantar la sesión y adoptar soluciones contundentes de inmediato.

—¡No comprendo esas palabras largas! —se quejó el aguilucho.

—La mejor manera de secarnos es con una carrera electoral —dijo el dodo.

—¡¿Una carrera electoral?! —preguntó Alicia.

—Sí —respondió el dodo.

Al principio, se trazó una pista de carreras circular. Después, todos se ubicaron en distintos lugares del recorrido, aquí y allá. Los participantes empezaban a correr cuando les placía y se detenían cuando querían. Habían estado corriendo durante casi media hora y ya estaban bastante secos, cuando el dodo gritó:

—¡Terminó la carrera!

—¿Quién es el ganador? —preguntaron rodeando al dodo.

—Todos son ganadores y todos merecen un premio —dijo el dodo después de sentarse pensativo por un largo rato.

Los animales querían premios y el dodo dijo que Alicia los entregaría. Alicia sacó una caja de confites y los repartió. Había uno para cada uno. Luego todos se fueron, y la pobre Alicia quedó sola otra vez.

Rabbit's House
La casa del conejo

In a little while, Alice heard the pattering of little footsteps. It was the White Rabbit who came along looking about anxiously.

Alice heard him muttering to himself, "Where could have I dropped them, I wonder?" Alice guessed immediately that he was looking for the fan and the pair of white kid gloves. She began to look for them too.

She then noticed that everything around her had changed. The pool of tears, the great hall with the glass table and the little door, had vanished completely. As she went looking for the white kid gloves and the fan, the White Rabbit called out to her in an angry tone, "Mary Ann, what are you doing out here? Run home and fetch me a pair of gloves and a fan!"

Alice ran off. "He has mistaken me for his housemaid," she told herself.

Soon she came upon a neat little house. A brass plate with the name, "W. RABBIT" engraved upon it hung on the door.

She stepped in and went upstairs. She had found her

Después de un rato, Alicia oyó unos pasitos. Era el conejo blanco, que miraba ansioso a su alrededor.

Alicia lo oyó murmurar:

—Me pregunto dónde los habré dejado.

Alicia supuso de inmediato que estaba buscando el abanico y el par de guantes, por lo que comenzó a buscarlos también.

Fue entonces cuando se dio cuenta de que todo a su alrededor había cambiado. El estanque de lágrimas, el enorme vestíbulo con la mesa de cristal y la puertecilla habían desaparecido por completo. Mientras buscaba los guantes de cabritilla blanca y el abanico, el conejo blanco se dirigió a ella con tono enojado:

—¿Qué haces aquí, Mary Ann? ¡Corre a casa y tráeme un par de guantes y un abanico!

Alicia salió corriendo. "Me confundió con su criada", se dijo.

Pronto llegó a una linda casita. De la puerta colgaba una placa de bronce con el nombre "C. Blanco" grabado en ella.

Alicia entró y subió las escaleras. Había conseguido llegar

way into a tidy little room. The room had a little table near the window. On it, a fan and three pairs of white kid gloves were kept. She took up the fan and a pair of the gloves.

She was about to leave the room, when she saw a little bottle that stood near the looking glass. There was no label but still she opened it and drank it. Before she had drunk half the bottle, Alice found her head pressing against the ceiling. Alice put down the bottle saying to herself, "I hope I shall not grow anymore." But she went on growing and growing and very soon, she put one arm out of the window and one foot up the chimney. Luckily, the little magic bottle, by now, had its full effect and she grew no larger.

A few minutes later, she heard a voice outside. "Mary Ann! Mary Ann! Fetch me my gloves this moment!" Alice knew it was the White Rabbit. He came up to the door and tried to open it. But the door opened inwards and Alice's elbow was pressed hard against it. So it did not open. After a little while, she heard the Rabbit under the window. Alice spread out her hand and made a snatch in the air. She heard a little shriek. There was also a fall and a crash of broken glass.

"I don't want to stay in here any longer!" Alice thought. She

a una habitación pequeña, con una mesita cerca de la ventana. Sobre ella había un abanico y tres pares de guantes de cabritilla blancos. Alicia tomó el abanico y un par de guantes.

Estaba por salir cuando vio una botellita cerca del espejo. No tenía ninguna etiqueta, pero de todos modos la destapó y bebió el contenido. Antes de llegar a la mitad, notó que su cabeza tocaba el techo. Entonces soltó la botella y dijo para sí: "Espero no crecer más". Pero siguió creciendo, y pronto tuvo que meter un brazo por la ventana y un pie por la chimenea. Por suerte, el contenido de la botellita mágica surtió todo su efecto y dejó de crecer.

Unos minutos más tarde, oyó una voz proveniente de fuera.

—¡Mary Ann! ¡Mary Ann! ¡Tráeme mis guantes en este instante!

Alicia sabía que era el conejo blanco. Este se acercó a la puerta e intentó abrirla, pero la puerta se abría hacia dentro y el codo de Alicia estaba apoyado contra ella, de modo que no pudo abrirla. Después de un rato, oyó al conejo bajo la ventana. Alicia extendió la mano e intentó atraparlo. Entonces oyó un gritito, una caída y un estrépito de cristales rotos.

"¡No quiero estar aquí más tiempo!", pensó Alicia. Entonces

then heard the Rabbit and two comrades planning how to take her out. When she heard a little animal, scrambling about in the chimney, Alice gave a sharp kick. Soon she heard confusion of voices, "What happened?"

After some time, Alice heard a feeble, squeaking voice, "Well, all I can remember is, something came at me like a Jack-in-the-box and up I went like a rocket in the sky!"

Next, Alice heard the Rabbit say, "A barrowful will do, to begin with...."

And the next moment a shower of little pebbles came rattling in from the window. But then something very strange happened. Alice noticed that the pebbles were all turning into little cakes the moment they touched the ground! "If I eat one of these cakes," Alice thought, "it's sure to make some change in my size." So, Alice swallowed one of the cakes and she began to shrink instantly. Soon she ran out of the house and found a crowd of animals and birds waiting outside.

oyó que el conejo y dos amigos suyos planeaban sacarla y que entrarían por la chimenea. Al oír a un animalito trepando por ella, Alicia le dio una fuerte patada. Luego hubo una confusión de voces que preguntaban:

—¿Qué fue lo que ocurrió?

Después de un rato, Alicia oyó una voz débil y aguda:

—Bueno, lo único que recuerdo es que algo me golpeó con fuerza y me hizo volar por los aires, como un muñeco de una caja de sorpresas.

Después Alicia oyó al conejo blanco decir:

—Una carretada bastará para empezar...

Al momento entró una lluvia de piedrecitas por la ventana. Entonces sucedió algo muy extraño. Alicia se dio cuenta de que las piedrecitas se convertían en pastelillos al tocar el suelo. "Si como uno de estos pasteles, seguramente cambiará mi tamaño", pensó Alicia. Por lo que comió uno de los pasteles y comenzó a encogerse al instante. Pronto salió corriendo de la casa y encontró una multitud de animales y aves esperando fuera.

The Caterpillar
La oruga

Alice ran off as fast as she could, and soon found herself in the middle of thick woods.

As she wandered about, she noticed that there was a large mushroom. It was about the same height as hers. Alice went near it and looked at it. She then peeped over the edge of the mushroom. Immediately, her eyes met those of a large caterpillar, sitting on the top, with his arms folded, smoking a long hookah.

The Caterpillar took the hookah out of his mouth, and addressed her in a sleepy voice. "Who are you?" he asked.

Alice replied a little hesitantly, "I…I hardly know sir! I know who I was when I got up this morning, but I think I must have changed several times since then."

"What do you mean by that?" asked the Caterpillar sternly.

"I'm afraid I can't put it more clearly," Alice replied. "For, I can't understand it myself! And moreover, being so many different sizes in a day is very confusing."

Alicia corrió tan rápido como pudo, y pronto se encontró en medio de un bosque espeso.

Mientras vagaba, vio un hongo enorme de casi la misma altura que ella. Alicia se acercó y lo miró. Luego se asomó por encima del hongo e inmediatamente sus ojos se encontraron con los de una gran oruga que estaba sentada sobre él, con los brazos cruzados y fumando un largo narguile.

La oruga se sacó el narguile de la boca, y se dirigió a ella con voz soñolienta.

—¿Quién eres? —preguntó.

—Yo... ya no lo sé, señora. Sabía quién era cuando me levanté esta mañana, pero creo que he cambiado varias veces desde entonces —respondió Alicia un poco vacilante.

—¿Qué quieres decir con eso? —preguntó la oruga con severidad.

—Me temo que no puedo ser más clara —respondió Alicia—, pues ¡ni yo misma lo comprendo! Además cambiar tantas veces de estatura en un mismo día es muy confuso.

"It isn't," said the Caterpillar.

"Well, perhaps your feelings may be different then," said Alice.

Suddenly the Caterpillar asked again, "But who are you?"

Alice felt a little irritated. She decided it was best to walk away.

"Come back!" the Caterpillar called after her. "I've something important to say!" Alice turned and came back again. "So you think that you have changed, have you?" the Caterpillar said.

"I'm afraid I have, sir. I don't keep the same size for ten minutes together!" said Alice sadly.

"What size do you want to be?" the Caterpillar asked.

"Oh, I'm not particular about any size," Alice hastily replied. "Only, one doesn't like changing so often."

"Are you content now?" asked the Caterpillar. "Well, I should like to be a little larger, sir, if you don't mind," said Alice.

Then the Caterpillar took the hookah out of its mouth, got down from the mushroom and crawled away. While going away he remarked, "One side will make you grow taller and the other side will make you grow shorter."

—No lo es —dijo la oruga.

—Bueno, tal vez tengamos opiniones distintas —dijo Alicia.

—Pero ¿quién eres? —preguntó la oruga de nuevo.

Alicia se molestó y decidió que lo mejor era alejarse.

—¡Regresa! —gritó la oruga—. ¡Tengo algo importante qué decir!

Alicia se volvió y regresó.

—De modo que crees que has cambiado, ¿verdad? —dijo la oruga.

—Me temo que así es, señora. ¡No pasan diez minutos sin que cambie de tamaño!

—¿Qué tamaño quieres tener? —preguntó la oruga.

—Oh, no me importa el tamaño —respondió Alicia apresuradamente—. Es solo que a nadie le gusta cambiar tan a menudo.

—¿Estás conforme ahora? —preguntó la oruga.

—Bueno, me gustaría ser un poco más grande, señora, si no le importa —dijo Alicia.

A continuación, la oruga se sacó la pipa de la boca, se bajó del hongo y se alejó arrastrándose. Mientras se iba, comentó:

—Un lado te hará crecer y el otro lado te hará encoger.

"One side of what? The other side of what?" thought Alice.

"Of the mushroom," said the Caterpillar, as if reading her mind. The next moment he was out of sight.

Alice stretched her arms as far as they would go, to break off a bit of the edge of the mushroom with each hand. She nibbled a little of the right hand bit to try the effect. The next moment she felt a violent blow underneath her chin. Her chin had struck her foot! Alice was shrinking rapidly. So she ate some out of her left hand bit.

"My head's free at last!" said Alice, in a tone of delight.

But she then saw that her shoulders were nowhere to be found. Her neck seemed to rise like a stalk out of a sea of green leaves that lay far below her. Alice was delighted to find that her neck would bend about easily in any direction like a serpent.

She then remembered that she still had the pieces of mushroom in her hands. She bent her head and nibbled first at one piece and then at the other. In the process, she grew taller and shorter. At last she was successful in bringing herself down to her usual height.

"Un lado ¿de qué? Y el otro ¿de qué?", pensó Alicia.

—Del hongo —dijo la oruga, como si hubiera leído su mente, y en un instante se perdió de vista.

Alicia estiró los brazos tanto como pudo para arrancar un pedacito del hongo con cada mano. Mordisqueó un poco el trozo de la derecha para ver qué efecto tenía. De inmediato, sintió un golpe fuerte bajo su barbilla: ¡había chocado con sus pies! Alicia estaba encogiéndose rápidamente, así que comió un poco de su mano izquierda.

—¡Mi cabeza al fin está libre! —dijo Alicia con alegría.

Pero entonces vio que sus hombros no estaban en ninguna parte. Su cuello parecía elevarse como un tallo desde un mar de hojas verdes que se encontraba muy por debajo de ella. Alicia estaba encantada de ver que su cuello se doblaba fácilmente en cualquier dirección, como una serpiente.

Después recordó que aún tenía los trozos de hongo en sus manos, por lo que inclinó la cabeza y mordisqueó primero un trozo y luego el otro. En el proceso, creció y se encogió; hasta que al final logró alcanzar su estatura habitual.

Pig and Pepper
Cerdo y pimienta

Suddenly Alice came upon an open place, with a little house in it. It was about four feet high. Before going in, she nibbled at the piece of mushroom in her right hand until she brought herself down to nine inches high.

As Alice stood looking at the house, a Fish-Footman came out of the woods and knocked at the door. It was opened by a Frog-Footman. The Fish- Footman handed him a letter and said, "For the Duchess. An invitation from the Queen to play croquet."

Then, they both bowed low and the Fish-Footman left. The Frog-Footman then sat on the ground near the door, and stared at the sky.

Alice went up to the door and knocked. At that very moment, a large plate came skimming out the door. Alice went in. The door led into a large kitchen, which was full of smoke. The Duchess was sitting on a three-legged stool in the middle, nursing a baby.

There was a cook who was leaning over the fire, stirring a large cauldron full of soup. There was too much pepper

Alicia se encontró de repente en un lugar abierto. Allí había una casita de un poco más de un metro de altura. Antes de entrar, mordisqueó el trozo de hongo de la mano derecha hasta medir unos veinte centímetros.

Mientras observaba la casa, un lacayo con cabeza de pez salió del bosque y llamó a la puerta. Otro lacayo con cabeza de rana abrió. El lacayo pez le entregó una carta y dijo:

—Para la duquesa. Es una invitación de la reina para jugar al críquet.

Hicieron una reverencia y el lacayo pez se fue. El lacayo rana se sentó en el suelo junto a la puerta y miró fijamente al cielo.

Alicia se acercó y golpeó. En ese instante, un gran plato salió volando por la puerta de la casa y Alicia aprovechó para entrar. La puerta daba a una enorme cocina llena de humo. La duquesa estaba sentada en el centro en un taburete de tres patas, amamantando a un bebé.

Había una cocinera inclinada sobre el fogón, revolviendo un gran caldero lleno de sopa. La sopa tenía demasiada pimienta, lo que

in the soup and it made the Duchess sneeze. The baby was sneezing and howling alternately. A large cat was sitting on the hearth, grinning from ear to ear.

"Why does your cat grin like that?" asked Alice.

"It's a Cheshire cat, that's why," said the Duchess. "PIG!" The Duchess said the last word so loudly that Alice nearly jumped. But the next moment she realized that it was addressed to the baby, and not to her.

While Alice was trying to think of something to talk about, the cook took the cauldron off the fire and began to throw everything within her reach, the fire-irons, saucepans and plates, at the Duchess and the baby. The Duchess took no notice of them even when they hit her and the baby.

"Oh, please mind what you're doing!" cried Alice, jumping in fright.

"If everybody minded their own business, the world would go round a great deal faster than it does," the Duchess said.

"Just think of what would happen with the day and night!" said Alice. "You see, the Earth takes twenty-four hours to turn round on its axis…"

"Talking of axes," said the Duchess, "…chop off her head!"

hacía estornudar a la duquesa. El bebé estornudaba y lloraba alternadamente. Un gato grande estaba sentado frente a la chimenea, sonriendo de oreja a oreja.

—¿Por qué sonríe así su gato? —preguntó Alicia.

—Porque es un gato de Cheshire —dijo la duquesa—. ¡Cerdo! —La duquesa dijo la última palabra con tanta fuerza que Alicia casi saltó, pero luego se dio cuenta de que estaba dirigida al bebé, y no a ella.

Mientras Alicia pensaba en un tema de conversación, la cocinera retiró el caldero del fuego y comenzó a lanzarles a la duquesa y al bebé todo lo que tuviera a su alcance: los atizadores, las ollas y los platos. La duquesa hizo caso omiso de esto, incluso cuando ella y el bebé recibían golpes.

—¡Oh, por favor, tenga cuidado con lo que hace! —gritó Alicia, saltando del susto.

—Si cada uno se ocupara de sus propios asuntos, el mundo giraría mucho más rápido —dijo la duquesa.

—¡Pero piense en lo que sucedería con el día y la noche! —dijo Alicia—. Verá, la Tierra tarda veinticuatro horas en ejecutar un giro completo…

—Hablando de ejecutar —dijo la duquesa—. ¡Que le corten la cabeza!

Alice glanced rather anxiously at the cook. But she was happy that the cook was busily stirring the soup. So she went on again, "Twenty-four hours, I think. Or is it twelve? I…"

"Oh, don't bother me," said the Duchess. And with that she began to sing a lullaby.

"Speak roughly to your little boy,
And beat him when he sneezes
He only does it to annoy,
Because he knows it teases."

Suddenly, the Duchess flung the baby at Alice saying, "Here! Hold it! I must go and get ready to play croquet with the Queen."

Alice carried the baby out into the open air. She was just beginning to think what she would do when she took the creature home when, the baby grunted violently. Alice looked down at his face in alarm. He was like a pig. Shocked, she set the little creature down and it trotted away into the woods.

And then she saw the Cheshire Cat sitting on a bough of a tree, a few yards away. "Cheshire Puss," Alice said respectfully. "Would you tell me, please, which way I ought to go from here?"

"That depends a good deal on where you want to reach," said the Cat.

Alicia miró aún más ansiosa a la cocinera, pero le alegró ver que estaba ocupada revolviendo la sopa. Por lo que continuó:

—Veinticuatro horas, creo. ¿O son doce? Yo...

—¡Oh, deja de molestarme! —dijo la duquesa. Dicho esto, comenzó a cantar una canción de cuna:

Debes gritarle al niñito
y golpearlo al estornudar,
pues lo hace el muy tontito
solo para fastidiar.

—¡Sostenlo! Debo prepararme para ir a jugar al críquet con la reina —dijo de repente la duquesa a Alicia, arrojando al bebé por los aires.

Alicia sacó al bebé al aire libre. Empezaba a pensar en lo que iba a hacer cuando lo llevara a casa, cuando gruñó con violencia. Alicia miró su rostro, alarmada. Parecía un cerdo. Sorprendida, puso la criaturita en el suelo y esta corrió hacia el bosque.

Entonces vio al gato de Cheshire sentado en la rama de un árbol a unos metros de ahí.

—Gato de Cheshire —dijo Alicia con respeto—, ¿podría decirme qué camino tomar?

—Eso depende en gran parte del lugar al que deseas llegar —dijo el gato.

Alice was confused. She tried another question. "What sort of people live here?"

"In that direction," the Cat said, waving her right paw round, "lives a Hatter. And in that direction," waving the other paw, "lives a March Hare. Visit either, as they're both mad."

"But I don't want to go among mad people," Alice remarked.

"Oh, you can't help that," said the Cat. "We're all mad here. I'm mad. You're mad."

"How do you know I'm mad?" asked Alice.

"You must be," said the Cat. "Or else you wouldn't have come here!"

Alice walked on in the direction in which the March Hare was said to live. She had not gone far when she saw the house of the March Hare. The chimneys of the house were shaped like ears and the roof was thatched with fur. It was a large house so she nibbled some more of the left hand bit of mushroom, to raise herself to about two feet high.

—¿Qué clase de gente vive aquí? —Alicia estaba confundida, por ese motivo intentó con otra pregunta.

—En esa dirección —dijo el gato, haciendo un gesto con su pata derecha—, vive un sombrerero. Y en esa —dijo, señalando con la otra pata—, vive una liebre de marzo. Visita a quien quieras; ambos están locos.

—Pero no quiero tratar con dementes —comentó Alicia.

—No puedes evitarlo —dijo el gato—. Todos aquí estamos locos. Yo estoy loco, tú estás loca...

—¿Cómo sabe que estoy loca? —preguntó Alicia.

—Debes estarlo —dijo el gato—. ¡De lo contrario no habrías venido!

Alicia caminó en la dirección en la que le dijeron que vivía la liebre de marzo. No había avanzado mucho cuando vio la casa. Las chimeneas tenían forma de orejas y el techo estaba cubierto de piel. Era una casa grande, de modo que comió un poco del trozo de hongo de la mano izquierda hasta alcanzar unos sesenta centímetros.

A Mad Tea-Party
Una merienda de locos

When Alice reached the house, she saw a table under a tree in front of the house.

The March Hare and the Hatter were having tea. A Dormouse was sitting between them, fast asleep. The other two were using him as a cushion, they were resting their elbows on him and talking over his head.

The table was a large one, but the three had crowded together at one corner of it. "No space! No space!" they cried out, when they saw Alice coming.

"There's plenty of space!" said Alice, indignantly and sat down in a large armchair, at one end of the table.

Suddenly, the Hatter asked, "Why does a raven look like a writing desk?"

"I believe I can guess that," she said aloud.

"Are you telling us that you think that you can find out the answer to this question?" asked the March Hare, a little surprised.

"Exactly so," said Alice.

Cuando Alicia llegó, vio una mesa bajo un árbol, enfrente de la casa.

La liebre de marzo y el sombrerero estaban tomando el té. Un lirón estaba sentado entre ellos, profundamente dormido. Los otros dos lo estaban usando como cojín; tenían apoyados sus codos sobre él y hablaban por encima de su cabeza.

La mesa era grande, pero los tres estaban amontonados en una esquina.

—¡No hay lugar! ¡No hay lugar! —exclamaron cuando vieron llegar a Alicia.

—¡Hay suficiente espacio! —dijo Alicia indignada, y se sentó en un gran sillón en un extremo de la mesa.

—¿En qué se parece un cuervo a un escritorio? —preguntó de repente el sombrerero.

—Creo que sé la respuesta —dijo ella en voz alta.

—¿Dices que sabes la respuesta a esta pregunta? —preguntó la liebre de marzo, algo sorprendida.

—Precisamente —dijo Alicia.

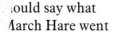

...ould say what
...March Hare went

...hastily replied.
...st, I mean what I
...same thing."

"Not at all the same thing!"
remarked the Hatter. "You might
say that, I see what I eat is the
same thing as I eat what I see!"

"You might just as well
say," added the Dormouse, who
seemed to be talking in his sleep,
"that I breathe when I sleep is
the same thing as, I sleep when I
breathe!"

Alice was horribly confused
and annoyed. She decided to
leave the March Hare's house.
Alice picked her way through
the woods. Suddenly she noticed
that one of the trees had a door
leading right into it. She went in.

Once more, she found herself
in the long hall and close to the
little glass table. "I'll manage
better this time," she told herself
and began by taking the little
golden key and unlocking the
door that led into the garden.
Then, she went on nibbling at
the mushroom till she was about
a foot high. And then, happily
she walked down the little
passage and found herself in
the beautiful garden among the
bright flowerbeds and the cool
fountains!

—Entonces deberías decir lo
que piensas —continuó la liebre
de marzo.

—Eso hago —respondió Alicia
apresuradamente—. Al menos...
pienso lo que digo... es lo mismo.

—¡Claro que no es lo mismo!
—comentó el sombrerero—. ¡Sería
lo mismo decir "veo lo que como"
que "como lo que veo"!

—O sería lo mismo decir
—añadió el lirón, que parecía
estar hablando en sus sueños—,
"respiro cuando duermo" es la
misma cosa que "duermo cuando
respiro".

Alicia estaba terriblemente
confundida y molesta, y decidió
irse de la casa de la liebre de marzo.
Se abrió paso a través del bosque.
De repente se dio cuenta de que
uno de los árboles tenía una puerta
que daba a su interior, por lo que
entró.

Una vez más, se encontró
en el vestíbulo largo y cerca
de la mesita de cristal. "Lo haré
mejor esta vez", se dijo a sí misma,
y empezó por tomar la llavecita
de oro y abrir la puerta que
daba al jardín. Después
mordisqueó el hongo hasta
medir unos treinta centímetros
y luego caminó muy contenta
por el pasillo estrecho, hasta
encontrarse en el hermoso jardín
entre las flores coloridas y las
fuentes frescas.

The Queen's Croquet-Ground
El críquet de la reina

A large rose tree stood near the entrance of the garden. The roses growing on it were white. But the gardeners who were in the shape of cards numbered five, two and seven, were painting them red.

Alice went nearer to watch them closely. The cards suddenly noticed Alice and all of them bowed low.

"Can you tell me," asked Alice, "Why are you painting those roses?"

Two began in a low voice, "Miss, the fact is, you see, there ought to have been a red rose tree here. And we put a white one by mistake. And if the Queen finds out, we all will have our heads cut off."

At that moment, Five called out, "The Queen! The Queen!" And the three gardeners instantly threw themselves flat upon their faces.

Alice looked round, eager to see the Queen. First came ten soldiers carrying clubs. They were all shaped like the gardeners. Next came the guests, mostly Kings and Queens, and then the White Rabbit.

Había un rosal enorme cerca de la entrada del jardín. Las rosas que crecían en él eran blancas, pero los jardineros, que eran los naipes Cinco, Dos y Siete, estaban pintándolas de rojo.

Alicia se acercó para verlos más de cerca. Al notar la presencia de Alicia, los naipes le hicieron una profunda reverencia.

—¿Me pueden decir por qué están pintando esas rosas? —preguntó Alicia.

—Verá, señorita, el hecho es que aquí debería haber un rosal rojo. Sin embargo, plantamos uno blanco por error, y si la reina se entera, nos decapitarán a todos —comentó Dos en voz baja.

—¡La reina! ¡La reina! —gritó Cinco en ese momento, y los tres jardineros se arrojaron al instante sobre el suelo bocabajo.

Alicia miró a su alrededor, ansiosa por ver a la reina. Primero vio diez soldados de tréboles, todos con la misma forma de los jardineros. Después vio a los invitados, en su mayoría reyes y reinas, y por último vio al conejo blanco.

Then followed the Knave of Hearts, carrying the King's crown on a velvet cushion. And last of all, came the King and Queen of Hearts. When the procession reached near Alice, they all stopped and the Queen asked, "What's your name, child?"

"My name is Alice, Your Majesty."

"And who are these?" asked the Queen. She commanded the Knave to turn them over. The Knave obeyed and the three gardeners jumped up and bowed low. "What have you been doing here?" the Queen asked angrily.

"Well, your Majesty…," said Two, "we were…"

"I see!" said the Queen, examining the roses. "OFF WITH THEIR HEADS!" And the procession moved on. "Can you play croquet?" she suddenly asked Alice.

"Yes!" answered Alice.

"Come on then!" roared the Queen.

Alice joined the procession. On the way, the White Rabbit told her that the Duchess was going to be executed because she had boxed the Queen's ears. "Get to your places!" shouted the Queen, suddenly. Everyone began running about in all directions and soon the game began.

Tras ellos venía la Jota de Corazones, llevando la corona del rey sobre un cojín de terciopelo. Por último, llegaron el Rey y la Reina de Corazones. Cuando la procesión se acercó a Alicia, todos se detuvieron y la reina preguntó:

—¿Cómo te llamas, niña?

—Mi nombre es Alicia, su majestad.

—¿Quiénes son estos? —preguntó la reina, y le ordenó a la Jota que les diera la vuelta. La Jota obedeció y los tres jardineros se levantaron e hicieron una profunda reverencia.

—¿Qué hacen aquí? —preguntó la reina, furiosa.

—Bueno, su majestad... —dijo Dos—, estábamos...

—¡Ya veo! —dijo la reina, observando las rosas—. ¡QUE LES CORTEN LA CABEZA! —La procesión continuó—. ¿Sabes jugar al críquet? —le preguntó a Alicia de repente.

—¡Sí! —respondió Alicia.

—¡Ven entonces! —vociferó.

Alicia se unió a la procesión. En el camino, el conejo blanco le dijo que la duquesa iba a ser ejecutada por haber golpeado a la reina.

—¡A sus lugares! —gritó de repente la reina.

Todos empezaron a correr en todas las direcciones y pronto comenzó el juego.

It was a curious croquet game. The balls were hedgehogs, the mallets, flamingoes. And the soldiers doubled themselves up and stood on their hands and feet to make the arches. Alice found it difficult to manage her flamingo. When she managed to hold it, she found that the hedgehog had crawled away.

Alice began to look for some way of escape. As she stood wondering what to do, she saw that a dispute had begun between the executioner, the King and the Queen. The Cheshire Cat was grinning above them.

The moment Alice appeared, they appealed to her to settle the arguments. The King had asked for the beheading of the Cheshire cat, whom he did not like at all. The executioner's said that he couldn't cut off a head unless there was a body to cut it off from! The Queen said she would have everybody executed if they didn't decide quickly. Alice asked them to call the Duchess as the Cat belonged to her.

"Fetch her!" the Queen ordered the executioner. By the time the Duchess reached, the Cat had disappeared.

Era un extraño juego de críquet. Las bolas eran erizos y los bates, flamencos. Los soldados se hincaban sobre sus pies y manos para formar arcos con sus cuerpos. Alicia tuvo dificultades para manejar su flamenco. Cuando logró sostenerlo, se dio cuenta de que el erizo se había alejado arrastrándose.

Alicia comenzó a buscar la forma de escapar. Mientras se preguntaba qué hacer, vio que había comenzado una disputa entre el verdugo, el rey y la reina. El gato de Cheshire sonreía por encima de ellos.

Cuando Alicia apareció, le pidieron que resolviera el dilema. El rey había pedido la decapitación del gato de Cheshire, pues no le había agradado en absoluto. El verdugo decía que no podía cortarle la cabeza a menos que hubiera un cuerpo del cual cortarla. La reina decía que ejecutaría a todo el mundo si no se tomaba una decisión pronto. Alicia les pidió llamar a la duquesa, pues el gato le pertenecía.

—¡Ve por ella! —le ordenó la reina al verdugo.

Para cuando la duquesa llegó, el gato había desaparecido.

The Mock Turtle's Story
La historia de la falsa tortuga

When the Duchess was brought in front of everyone, she was particularly glad to see Alice. "You can't imagine how glad I am to see you again dear!" said the Duchess. She tucked her arm into Alice's, as they walked.

The Duchess began to talk to Alice. Suddenly, her voice faded away and her arm that was linked with Alice, began to tremble. Alice looked up and there stood the Queen in front of them. "A fine day, Your Majesty!" The Duchess began hesitantly.

"Now, I am giving you a fair warning," shouted the Queen. "Either you, or your head must be chopped off at once! Take your choice!" The Duchess took her choice, and was gone in a moment. "Let's continue with the game," the Queen said to Alice. And Alice slowly followed her to the croquet-ground. All the time the game was being played, the Queen never stopped quarrelling with the players. She also did not stop shouting, "OFF WITH HIS HEAD!"

By the end of half an hour or so, all the players except the

Cuando la duquesa fue llevada ante todos, estaba especialmente contenta de ver a Alicia.

—¡No sabes cuánto me alegra volver a verte, querida! —dijo la duquesa, y tomó de gancho el brazo de Alicia mientras caminaban.

La duquesa comenzó a hablar con Alicia. De repente, su voz se desvaneció y el brazo que se sostenía de Alicia comenzó a temblar. Alicia levantó la vista y allí estaba la reina frente a ellas.

—¡Buen día, su majestad! —comenzó vacilante la duquesa.

—Te lo advierto —gritó la reina—. ¡Tú o tu cabeza debe desaparecer de inmediato! ¡Decide!

La duquesa tomó su decisión, y desapareció al instante.

—Continuemos con el juego —le dijo la reina a Alicia, y ella la siguió lentamente hasta el campo de críquet.

Durante todo el juego, la reina nunca dejó de pelear con los jugadores ni de gritar: "¡QUE LE CORTEN LA CABEZA!".

Al cabo de media hora, todos los jugadores, excepto el

King, the Queen and Alice, were in custody and under sentence of execution. After a while, the Queen left off, quite out of breath, and asked Alice, "Have you met the Mock Turtle?"

"No," said Alice. "I don't even know what a Mock Turtle is."

"It's that thing out of which Mock Turtle Soup is made," said the Queen.

As they walked off together, Alice heard the King say in a low voice to the players, "You are all pardoned."

They soon came near a Gryphon, lying fast asleep. "Up, you lazy thing!" commanded the Queen. "Take this young lady to see the Mock Turtle.

They had not gone far before they saw the Mock Turtle. As they came nearer, Alice could hear him sighing as if his heart would break.

"What is his sorrow?" she asked the Gryphon. The Gryphon answered, "It is all his fancy. He hasn't got any sorrow."

So, they went up to the Mock Turtle. "This young lady wants to know your history," said the Gryphon.

"I'll narrate it to her," said the Mock Turtle in a deep tone.

rey, la reina y Alicia, habían sido arrestados y condenados a muerte. Después de un rato, la reina abandonó la partida y le preguntó casi sin aliento a Alicia:

—¿Conoces a la falsa tortuga?

—No —dijo Alicia—. Ni siquiera sé lo que es una falsa tortuga.

—Es con lo que se hace la sopa de falsa tortuga —dijo la reina.

Mientras caminaban juntas, Alicia oyó al rey decir en voz baja a los jugadores:

—Quedan todos perdonados.

Pronto llegaron cerca de un grifo que yacía dormido.

—¡Levántate, perezoso! —ordenó la reina—. Lleva a esta joven a ver la falsa tortuga.

No habían ido muy lejos cuando la vieron. A medida que se acercaban, Alicia la oía suspirar como si su corazón estuviera por romperse.

—¿Cuál es su desgracia? —le preguntó al grifo, y este contestó:

—Es solo su imaginación. No le ha ocurrido ninguna desgracia.

Subieron hasta donde estaba la falsa tortuga.

—Esta joven quiere oír tu historia —dijo el grifo.

—Se la contaré —dijo la falsa tortuga con voz grave—. Siéntense

"Sit down, both of you and don't speak a word till I've finished."

So, nobody spoke for a few minutes. Alice thought, "I don't see how he can even finish, if he doesn't even begin." But she waited patiently and never said a word.

"Once," said the Mock Turtle at last, with a deep sigh, "I was a real Turtle."

These words were followed by a very long silence, broken only by the constant heavy sobbing of the Mock Turtle. Alice was very nearly getting up and saying, "Thank you sir, for your interesting story." But she could not help thinking there must be more to come. So, she sat still. The turtle then finally told all about his school in the sea and the lobster quadrille.

Soon, a cry of "The trial's beginning!" was heard at a distance. Alice and the Gryphon ran to not miss it.

ambos y no digan ni una palabra hasta que yo haya terminado.

Nadie habló por varios minutos. Alicia pensó: "No entiendo cómo podría terminar, si ni siquiera comienza". Pero esperó pacientemente y no dijo nada.

—Alguna vez —dijo por fin la falsa tortuga con un profundo suspiro—, fui una tortuga real.

Estas palabras fueron seguidas de un largo silencio, roto únicamente por los constantes sollozos de la falsa tortuga. Alicia estaba a punto de levantarse y decir: "Gracias, señora, por su interesante historia", pero no podía dejar de pensar en que algo más debía seguir, por lo que permaneció inmóvil. La tortuga finalmente les contó todo acerca de su escuela del mar y sobre el baile de las langostas.

Al poco tiempo, se escuchó a lo lejos un grito que decía: "¡Comienza el juicio!". Alicia y el grifo se echaron a correr para no perdérselo.

Who Stole the Tarts?
¿Quién robó las tartas?

When Alice reached the courtroom with the Gryphon, the King and Queen of Hearts were seated on their throne. All sorts of little birds and beasts, as well as the whole pack of cards were present.

The Knave was standing before them in chains, with a soldier on each side to guard him. And near the King was the White Rabbit, with a trumpet in one hand and a scroll of parchment in the other.

Alice had never been in a court of justice. The King was also the judge. He wore his crown over the wig and he did not look comfortable at all. The twelve jurors were all writing very busily on slates. The White Rabbit cried out, "Silence in the court!"

"Read the accusation!" said the King. At this, the White Rabbit blew three blasts on the trumpet and unrolled the parchment scroll, and read as follows:

> *"The Queen of Hearts, she made some tarts,*
> *All on a summer day*
> *The Knave of Hearts, he stole those tarts,*
> *And took them far away!"*

Cuando Alicia llegó a la sala del tribunal con el grifo, el Rey y la Reina de Corazones estaban sentados en su trono. Toda clase de aves y animales, y toda la baraja de naipes, estaban presentes.

La Jota estaba de pie encadenada delante de ellos, con un soldado a cada lado para vigilarla. Cerca del rey estaba el conejo blanco, con una trompeta en una mano y un rollo de pergamino en la otra.

Alicia nunca había estado en una corte de justicia. El rey era además el juez; llevaba su corona sobre la peluca y se veía muy incómodo. Los doce miembros del jurado estaban escribiendo afanosamente en sus pizarras. El conejo blanco gritó:

—¡Silencio en la corte!

—¡Lea los cargos! —dijo el rey.

Así, el conejo dio tres toques de trompeta, desenrolló el pergamino y leyó lo siguiente:

> *La Reina de Corazones unas tartas cocinó*
> *en un día de verano.*
> *La Jota de Corazones esas tartas se robó,*
> *¡y las llevó a un lugar lejano!*

"Call the first witness," said the King.

The White Rabbit blew the trumpet thrice and called out, "FIRST WITNESS!"

The first witness was the Hatter. He came in with a teacup and a piece of bread. Just at that moment, Alice felt a curious sensation. She was beginning to grow larger again.

"Give your evidence," the King said to the Hatter, "or, I'll have you executed."

At this, the Hatter dropped his teacup, and his bread, and fell down on one knee.

"I'm just a poor man, Your Majesty," he began.

"If that's all, you may go," said the King. And the Hatter hurriedly left the court.

"Call the next witness!" said the King.

The next witness was the Duchess' cook.

"Give your evidence," said the King. "I shan't," said the cook. "Never mind!" said the King. "Call the next witness." The White Rabbit read out the name, "ALICE!"

—Llame al primer testigo —dijo el rey.

—¡PRIMER TESTIGO! —gritó el conejo blanco, después de tocar la trompeta tres veces.

El primer testigo era el sombrerero. Entró con una taza de té y un trozo de pan. Justo en ese momento, Alicia tuvo una sensación extraña: estaba empezando a crecer de nuevo.

—Haga su declaración —le dijo el rey al sombrerero—, o voy a ejecutarlo.

El sombrerero dejó caer su taza de té y su pan, y cayó de rodillas.

—No soy más que un pobre hombre, su majestad —comenzó.

—Si eso es todo, puede irse —dijo el rey.

El sombrerero salió aprisa.

—¡Llame al siguiente testigo! —dijo el rey.

El siguiente testigo era la cocinera de la duquesa.

—Haga su declaración —dijo el rey.

—No lo haré —dijo la cocinera.

—¡Olvídelo! —dijo el rey—. Llame al siguiente testigo.

—¡ALICIA! —leyó el conejo blanco.

Alice's Evidence
La declaración de Alicia

Alice forgot that she had grown large again. She jumped up in such a hurry that she tipped over the jury-box with the edge of her skirt, upsetting the jurymen.

"Oh, I beg your pardon!" she exclaimed and began picking them up as quickly as she could.

As soon as the jury had recovered from the shock, the trial proceeded.

"What do you know about this?" the King asked Alice.

"Nothing," said Alice.

The King cried out, "SILENCE!" He read out from his book, "Rule number Forty-two. All persons more than a mile high must leave the court." Everyone looked at Alice.

"I'm not a mile high," said Alice.

"You are nearly two miles high," said the Queen.

"Well, I shan't go as you invented this rule just now," said Alice, accusingly.

"That's not true. It's the oldest rule in the book," he said.

"Then it ought to be Number One," said Alice.

Alicia olvidó lo mucho que había crecido y se levantó con tanta prisa que, con el borde de su falda, volcó el estrado con todos los miembros del jurado en él.

—¡Oh, discúlpenme! —exclamó y comenzó a levantarlos tan rápido como pudo.

Tan pronto como el jurado se recuperó de la conmoción, el juicio continuó.

—¿Qué sabe usted de todo esto? —le preguntó el rey a Alicia.

—Nada —dijo Alicia.

—¡SILENCIO! —gritó el rey y empezó a leer su libro—: Artículo Cuarenta y Dos: Todas las personas de más de un kilómetro de estatura deben abandonar la sala.

Todos miraron a Alicia.

—No mido un kilómetro —dijo Alicia.

—Mides casi dos kilómetros —dijo la reina.

—Bueno, no voy a irme porque acaba de inventarse ese artículo —dijo Alicia en tono acusador.

—No es cierto. Es el artículo más antiguo del libro —dijo.

—Entonces debería ser el número uno —dijo Alicia.

The King turned pale and shut his book. "Consider your decision," he said to the jury, in a trembling voice.

"There's more evidence, your Majesty," said the White Rabbit. "This paper has just arrived. It seems to be a letter, written by the prisoner to… to somebody. It's a set of verses actually."

"Are they in the prisoner's handwriting?" asked one of the jurymen.

"No," said the White Rabbit.

"He must have imitated somebody else's writing," said the King.

"Please, Your Majesty!" said the Knave. "I didn't write it. There's no name signed at the end."

"You must have meant some mischief, or else you'd have signed your name like an honest man," said the King.

Everyone clapped at the King's wise remark.

It was the first really clever thing the King had said that day. The White Rabbit then read the poem.

They told me you had been to her,
And mentioned I could not swim.
He sent them word I had not gone
(We know it to be true).
If she pushes the matter on,
What would become of you?

El rey se puso pálido y cerró su libro.

—Deliberen —le dijo al jurado con voz temblorosa.

—Hay más pruebas, su majestad —dijo el conejo blanco—. Acaba de llegar este papel. Parece ser una carta, escrita por el prisionero a… alguien. En realidad, son unos versos.

—¿Tienen la caligrafía del prisionero? —preguntó uno de los miembros del jurado.

—No —dijo el conejo blanco.

—Debió imitar la caligrafía de otra persona —dijo el rey.

—¡Por favor, majestad! —dijo la Jota—. Yo no los escribí. Nadie firma al final.

—Entonces fueron escritos con mala intención, de lo contrario habría firmado como un hombre honesto —dijo el rey.

Todos aplaudieron la sabia observación del rey.

Era la primera cosa sensata que había dicho ese día.

A continuación, el conejo blanco leyó el poema:

Me dijeron que fuiste a verla
y mencionaste que no sabía nadar.
Él dijo que yo no era
(sabemos que es la verdad).
Pero si ella insistiera,
¿qué te podría pasar?

"That's the most important piece of evidence we've heard yet. Let the jury now consider their decision," said the King.

"No, no!" exclaimed the Queen. "Sentence first...verdict afterwards."

"Nonsense!" said Alice loudly.

"OFF WITH HER HEAD!" the Queen shouted.

"Who cares for you?" said Alice. "YOU'RE NOTHING BUT A PACK OF CARDS!"

At this, the whole pack rose up into the air, and came flying down upon her. Alice gave a little scream, half of fright and half of anger. She tried to beat them off. Just at that moment she woke up and found herself lying on the bank, with her head in the lap of her sister.

"Wake up, Alice!" said her sister. "Why, what a long sleep you've had!"

"Oh, I've had such a curious dream!" said Alice. And she told her sister, as well as she could remember, all the strange adventures of hers in a Wonderland. When she had finished, her sister kissed her and said, "It was indeed a curious dream, dear. But now run for your tea." So, Alice got up and ran off.

—Es la prueba más importante que hemos escuchado hasta ahora. Que el jurado delibere —dijo el rey.

—¡No, no! —exclamó la reina—. Primero la sentencia y luego el veredicto.

—¡Qué disparate! —dijo Alicia en voz alta.

—¡QUE LE CORTEN LA CABEZA! —gritó la reina.

—¿A quién le interesa? —dijo Alicia—. ¡NO SON MÁS QUE UNA BARAJA DE NAIPES!

Ante esto, la baraja entera se elevó en el aire y se abalanzó sobre ella. Alicia soltó un gritito, mitad de miedo y mitad de ira, e intentó quitársela de encima. Justo en ese momento se despertó y se encontró tendida en la ribera, con la cabeza sobre el regazo de su hermana.

—¡Despierta, Alicia! —dijo su hermana—. ¡Cuánto has dormido!

—¡Oh, tuve un sueño muy extraño! —dijo Alicia.

Y le contó a su hermana, hasta donde tenía memoria, todas sus aventuras extrañas en el país de las maravillas. Cuando terminó, su hermana le dio un beso y le dijo:

—En verdad fue un sueño extraño, querida. Pero ahora ve por tu té.

Alicia se levantó y se fue corriendo.